해는 여전히 짖지 않았다

해는 여전히 짖지 않았다

이향희 시집

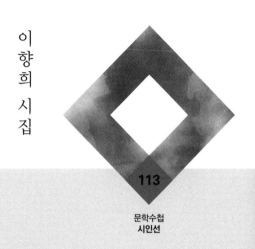

113

문학수첩
시인선

문학수첩

이윽고

세 번째

시집에 닿았다.

물집 잡힌 채로 함께 걸어온

나의 시들이

아프지 말고

행복하게 살아주었으면 좋겠다.

시인 아닌 다른 무엇도 되려 하지 않았던

이유를 묶어 놓으니

또다시 부끄러워진다.

사랑하고,

사랑받을 일이 까마득하다.

2018년 5월 이향희

1부

2부

3부

4부

해설 | 류근조(시인 · 중앙대 명예교수)

1부

우연이라도

사월의 쥐똥나무 위에
맨발의 빗방울들 경쾌히 떨어집니다

우연이라도 나의 살 부러진 우산 속으로
그대가 보내 준 안부 몇 마디
비를 피해 들어왔으면 좋겠습니다

잘 있었냐고
보고 싶었다고

오월의 숲길에서 꼭 다시 만나
아카시아 꽃잎처럼 한번 웃자고
우연이라도 그대가 보내 준 이런 안부 몇 마디와
비 내리는 오월을 걸어갔으면 좋겠습니다

그냥 꽃이 와서 좋다고

얼마 안 있으면 이 골목으로 예쁜 꽃이 지나갈 거야
엉덩이를 흔들며 갈 건지, 꼬리를 흔들며 갈 건지
그건 아무도 몰라
우리는 일단 저 골목 어귀에 숨어서 기다리면 돼
꽃과 우리 사이에 꽃잎 트는 일은 숨어서 하는 일
꽃잎과 우리 사이에 엉덩이 트는 일도 역시 숨어서 하는 일
조용히, 안녕히 기다리고 있으면 돼
이왕이면 향기가 아홉 개 달린 꽃이 지나가 주면 좋겠어

구름이 약간 몽실몽실해지고 바람이 새벽보다 더 날씬해
지면
바로 꽃이 올 거야
덕수 아재네 강아지가 더욱 강아지다워지고
골목이 덩달아 아주 골목다워지면 그때 바로 꽃이 올 거야
꽃이 와서 꽃과 우리 사이 꽃잎을 트면 무슨 말을 해야
할지 생각해 둬

비록 꽃은 별말 하지 않더라도 우린 무슨 말이든 해야 해
어디서 왔냐든가, 어떻게 왔냐든가, 무엇 때문에 왔냐든가
그런 해 묵어 못생겨진 말은 절대 하지 말자
그냥 심플하게, 오로지 시크하게
꽃이 와서 좋다고, 활짝 와서 좋다고
조금은 덜 똑똑해 보이는 어눌한 말투로 서로를 트는 것이
무난할 수 있으니

붐벼야 하는 이유

 공항이 붐빈다는 건
 행복은 이렇게 시작된다는 말의 시그널이기도 하고
 그 시그널에 맞춰 그동안의 네 탓을 내 탓으로 돌린다는
말이기도 하며
 내 탓이므로 모처럼 나를 위해
 낯선 별에 물렸을 때 대처할 시집 한 권
 붉은 캐리어 속에 넣는다는 말이기도 하고

 공항이 붐빈다는 건
 바람도 사랑에 빠지면 날개가 화려해진다는 말이기도 하고
 날개가 사랑한 북극성은 언제나 북쪽을 가리키고 있다는
말이기도 하며
 징그럽게 오묘한 이 사랑이라는 말은 언제나 뇌관이 펑
펑 터지는
 급박한 말이기도 하고

그러므로 그러니까 영종도 인천공항은 항상 붐벼야 하고
행복한 우리나라도 우리를 앞세워 계속 붐벼야 한다는
말이기도 하다

비 오는 날의 내비게이션

축축하게 젖은 자동차가 몇 그루 서 있을 거야

그로부터 담쟁이 넝쿨 무성한 골목을 지나
백 미터쯤인가 팔십 미터쯤인가에 닿으면
젖은 오후 세 시가 나올 거고

그리움 세 개랑 바람 두 개가
서로의 어깨를 툭툭 치며 농담 주고받는 곳에서 우회전
받아
그 농담 딱 절반만 돌아 나오면

빗방울 몇 알 머리 위에 얹고
뉘엇뉘엇 기다리고 있는 반가움 두 평이 있을 거야

부디부디 여기까지
두근거리는 심장은 반만 켜고 오길 바래

확장적 은유

우리 집에 바람이 든다는 것은
우리 집 어딘가에 구멍이 났다는 말일 텐데

튼튼하게 지은 집이 어떻게 구멍이 나나 하겠지만
그동안의 무료한 시간들이 파고 놀다 두고 간 것이
구멍이라 볼 때

세월이 놀다 두고 간 자리
이제는 바람이 와서 노는 이 자리를

구멍 몇 개 났다고 야단할 일 아니고
구멍 몇 개 있는지 헤아릴 일도 아니겠다

고요한 중심에 서게 되면

자작나무는 필히
별이 원하는 곳에 심을 거예요

소탈한 구멍 몇 평은
시대의 참신한 일개미들을 위해 내어 주고요

매일 레임덕에 빠지는 노을을 위해서는
나폴나폴 풀잎 초인종을 달아 줄 거구요

하루도 빠짐없이 건너오는 굴뚝새와는
더운 굴뚝을 반씩 나눠 가지고요

새벽부터 제자리 뜀뛰기로 분주한 꽃들과는
밥과 함께 주먹인사를 나눌 거예요

쫄래쫄래 지나가는 순정씨 네 강아지 불러들여
피톤치드 한 잔씩 마주 서서 마시고요

그리고,
잠시 그리고 라는 부사[副詞]에 접속하여 쉬다가

내 눈을 들락거리는 모든 것들에게
챙 넓은 밀짚모자를 씌워 주고 웃을 거예요

안개꽃 사연

어느 날 나는
살아 있다는 말을 살아 있게 하려면
힘에 겹더라도 자꾸자꾸 살아 있어야 한다는 말을 건네
주러
잠실나루역에 내린 적 있었다

기우는 일은 노동이며
설마 설마 하는 일 역시 영락없는 노동이라
힘이 들더라도 부디부디 살아 내야 할 거라는 말을 건네
주러
기도祈禱 몇 소절 싸들고 내린 적 있었다

고장 난 풍향계처럼 도는 시간 지나갈 것이고
그날이 오면 움푹 파인 이 자리에 앉아 한 번은 원 없이
울어보자고

눈물 몇 방울 안개꽃 다발에 숨긴 채 잠실나루 1번 출구를

거짓말처럼 빠져나간 적 있었다

푸념

오늘 밤 달이
처음부터 시시하게 뜨더니
점점 더 시시하게 지고 있다

나도 詩詩한 살림
처음부터 시시하게 꾸리다가
점점 더 시시하게 지기 시작한다

달이 이러려고 달이 되었나 할 테고
나도 이러려고 시인이 되었나 하고 있으니
서둘러 시시한 詩접고 달과 함께 져야겠다

입춘

세상이 바뀌었나
권력이 줄을 서서 걸어가고 있다

저기 저기 저 꽃밭에 닿으려면
2박 3일은 가야 하리

'친애하는 여러분'은 괄호 안에 넣어 두고
응답 해야겠다

혁명은 쉬운 것이며

밥그릇 싸움 역시 꽃이 하게 될 일이므로
아름다우리라

봄비 공화국

벚나무는 대추나무와 대추나무는 감나무와 감나무는 모
과나무와

모과나무는 사과나무와 사과나무는 개암나무와 개암나
무는 배나무와

배나무는 복숭아나무와 복숭아나무는 잣나무와 잣나무
는 보리수나무와

보리수나무는 호두나무와 호두나무는 매실나무와 매실
나무는 다시

벚나무와 둥글게 둥글게

공으로 듣는 새소리 이만큼 둥글게 나눠 가지면 족하지
않겠는가

봄비가 추구하는 낙원이란 나무는 새와, 새는 나무와

가볍게 목례하거나 악수하거나 눈웃음치거나

지극히 소소한 일로 달떠 둥글게 둥글게 나눠 가지는 일
이니

봄비 공화국의 젊디젊은 후예들은

새소리 하나만이라도 충분히 민주적으로 자주적으로 행

복하지 않겠는가

그리움 파는 가게의 벽보

그리움은

밤이 이슥토록 끓여 줘야 잘 상하지 않고

그리움은

자주 살펴 줘야 고장이 나지 않으며

그리움은

그리움끼리 두어야 더욱 그리움다워지고

그리움으로

잠긴 방은 그리움으로 열어야 열리며

그리움의

수컷에게는 머리에 긴 뿔이 있어 조심해야 하고

그리움의

암컷에는 자궁이 있어 자기 닮은 그리움을 낳을 때 아파

할 것이며

그리움은

그리운 짐을 못 풀고 뛰어다닐 때 가장 괴로워할 것이고

그리움의

높이와 넓이와 길이는 아무도 알 도리 없으니 알려 하지
말고

그리움이

그리워하는 날에는 반드시 높은 자리를 내어 줄 것이며

그리움의

문턱이 너무 높으면 잦은 전쟁을 치르게 될 것이라 수신修身
할 것이고

그리움으로

비틀거릴 땐 다른 그리움 곁에 절대 가지 말고

그리움을

데리고 여행할 때는 여벌의 그리움을 챙겨 갈 것이며

그리움을 보관하려거든 필히 직각으로 세워 보관해야 할
것이고

그리움을

통제 못 하면 언젠가 그리움이 그대를 통제하는 날이 오
리니
그리움이 잠시 내릴 수 있는 정거장에 당도하시거든
서둘러 그리운 사람 불러내 그동안의 아리따운 그리움
얼른 전해 주시길

지금이 오후 두 시니까

네

나지막하고
시무룩한
그 골목 맞아요

오후 다섯 시 좋겠어요

그 찻집
낮거나 아주 낮거나
베토벤 피아노 협주곡 5번이 자주 걸려 있었어요

지금이 오후 두 시니까
세 시간 후에

귀가 어두운 늙은 벽난로 뒤편에서 기다리고 있을게요
(손 전화 무음無音으로 두고서)

지금 눈雪이 많이 내리고 있으니
눈目으로만 말해도 충분히 좋을 듯한 시간이 될 것 같아요

오이도 오이끼리

손바닥만한 곳에 오이 세 그루를 심었다
그리하여 오이의 집은 내 손바닥이 되었고
오이의 다사다난한 운명은 내 손바닥 안에 있게 되었다

오이의 손짓 발짓은 온통 하늘이 받아줘야 하고
오이의 하루 이야기는 내가 다 들어줘야 하는데

어쩌다 내가 잠시 손바닥을 비울 때에는
오이 역시 또 다른 오이를 데리고 집을 나가
운명선을 따라 생명선을 달려 짧은 여행을 다녀온다
그럴 때마다 집에 돌아온 오이한테서는
진한 오이 냄새가 나는데
그것은 아마 오이도 오이끼리 사랑을 하다가
서둘러 집으로 달려오는 것이 아닐까 싶기도 하고

해는 여전히 짖지 않았다

오늘도
그늘은 나무를 물어왔다
나무가 그늘을 물어올 때보다 쉬워 보였다
그늘이 나무를 물어올 때
해는 짖지 않았다
서로 물고 물리는 일은 시간의 영역이라 생각했다

오늘도
나무는 그늘에 물려왔다
무늬가 사람인 나는 그들의 사이와 사이에 서서
새와 새소리를 잡아당겨 놀 수 있었다
해는 여전히 짖지 않았다
날이 저물 때까지 그들은 물고 물리는 일에 몰두하고 있
었다

倭倭倭

'吾等은 玆에 我 朝鮮의 獨立國임과 朝鮮ㅅ의 自主民임을
宣言하노라'*

서울특별시 종로구 세종대로 175
세종문화회관 3 · 1절 기념식장
3층
라 열에 앉아

나는 구체적으로 울었다

(倭倭倭 뻔뻔한 歷史는 개도 물어가지 않는가)

* 독립 선언문 중에서

서울역 05시 30분

시간이 친절하게도
떠나라는 말을 내 지갑 속에 넣어 기차를 태워줍니다
서울을 나서는 문門의 갯수는 서울만이 알 터
나는 11번 게이트를 통해 새벽안개를 가볍게 들어 올려
기차를 탑니다

그 어떤 곳의 꽃과,
그 어떤 곳의 나무를 존중하기 위해
그 어떤 곳의 강과
그 어떤 곳의 바위를 존경하기 위해
103 열차 다섯 번째 칸으로 들어섭니다

이미 있는 나를 조금 줄이면서 존중하기로는
여태 없는 나를 조금 있게 하면서 존경하기로는
기차만큼 좋은 것이 있을런지요

오래 흔들리지 않기 위해 잠시 흔들리는 일은
생生의 긴 터널을 신속하게 빠져나가는 고즈넉한 지혜

지구 위에서의 배당받은 잠을 달게 자기 위해
숨은 그림 속에 아직도 숨어 있을 나를 찾으러
신 새벽 기차 위에 어제의 나를 올려놓습니다

2부

누룽지를 만들다

보온이 취소되고

미처 위^胃 안에 닿지 못한
식은 탄수화물

3룩스의 반딧불 위에 앉히고
서정적으로 20분간 묵념

이윽고
위대해져서
다시금 게이트를 빠져나가는

한 장의 패스포트 같은

어둠이 어두워지면

지구와 달과 태양이
그렇고 그렇게
일직선으로 놓일 거라는 뉴스를 보았다

어둠이 어둠으로 어두워질 것이며
대단한 일은 아니지만 반드시 어두워질 거라는

집에 있었지만 얼른 집으로 돌아가고 싶었다

까무룩하게 어두워지고 싶은 손님이 올 것 같았다

고객님의 어둠이라 생각하고 마음껏 입어보시라는 아홉
시 뉴스에
온몸 여기저기가 두근거렸다

중복에 욕보는 꽃이여

눈을 반쯤 감고 꽃의 위胃를 들여다보니
어제까지
이 꽃이 먹어 낸
욕辱의 온도가 보이네

탱고보다 붉은
사막의 낙타보다 겨운
인내의, 인고의 절절한 온도

마른침 삼키며 톡톡 터트린 씨방하며
꽃잎을 베베 꼰 꽃 대궁의 혼절하며

오!
중복中伏에 욕辱보는 꽃이여
부디 나의 거수경례를 받아주오

찔레꽃

찔레꽃처럼
가슴을
아프게 찌르는 꽃도 드물어

세상의 모든 엄마를 찌르고도
그 엄마가 낳은 엄마를 또 찌르는

그래서

찔레꽃 앞에 서면 모든 딸들은 울게 돼

우리 엄마,
우리 엄마 울게 돼

펑펑 울게 돼
엉엉 울게 돼

더러더러 가끔은

나도 가끔은
더러더러 가끔은

해독이 불가능한
회화 문자로 살고 싶다

암석의 벼랑 끝
어여쁜 곳에

들소의 뿔이거나
뱀의 비늘이거나
어린 쇠똥구리의 엄지발가락 같은

가끔은
낯익음과 낯설음의 경계에 있는
그런 고혹적인 회화 문자로 살고 싶다

달빛 걸어 들어오네

내 마음의 헛간에
달빛 걸어 들어오네
엉거주춤 일어서는
내 안의
구멍들

내 마음의 구멍에
달빛 걸어 들어오네
오소소소 무너지는
내 안의
헛간 한 채

꽃에게 혹은 꽃잎에게

가슴 한켠 무너지는 시를 써서

가슴 밖으로 나가다가

말씀이 붉은 너를 만났으면 좋겠다

더듬이가 무딘 나를 만나

그래도 한세월 행복에 겨웠다며

고장 난 꽃잎 위에서 두근거리며 놀다가

가시가 촘촘히 박힌 죄 하나씩 나눠 짓고

무사히 시집詩集 속으로 당도할 때까지

너는 나 때문에, 나는 또 너 때문에

진정 죄가 죄 같지 않았었다 말해 주면 좋겠다

어느 작은 포장마차에서 찍은 사진 한 장

시방 동상은

약 바짝 오른 청양고추만큼이나 매운 세상에 대들어 보

자는 거여?

그렇다면 그건 내 전문이닝께 내가 좀 거들어 줘야겠네

어여 돗수 제일 높은 거루다가 한 잔 줘 봐

말인지 막걸리인지 나도 좀 거들어 줄랑께

오늘 형, 동상 힘 모아서 이눔의 헛헛한 세상

들었다 났다 해보자구

그러니께 지금 동상은 행복하게 살고자파 이러는 거여?

아! 그럼 그까잇 거 행복하게 살아뻐져

해 있겄다, 달 있겄다, 술 있겄다, 거시기 있겄다

뭐가 무서워 그렇게 못 살어

지금까지 미처 그렇게 못 살았다면 내일부터라두

허벌나게 그리 살아보더라고

......

앗따 성님 연설은 간단히 허시구유
술 떨어졌는디 어여 한 병 더 시키셔유
상채기 아물어 딱쟁이 앉을 때꺼정
오늘은 이 조시로 쭉 직진할 것잉께요

후후 마이크 테스트

세상의 모든 얼레리 꼴레리 참새들아

니네 있잖아

부모 노릇 쉽게 하는 줄 알면 큰코다쳐

세상 제일루다 어려운 것이 부모 노릇이거든

날개 한번 편히 접지 못하고

밥 물어와야지 국 물어와야지

욕 막아내야지 돌 막아내야지

니네 먹고 싸는 짜증은 어떻고

매일 부리는 투정은 또 어떻고

해도 해도 너무하는 니네들

철없다 핑계 말고 부모님한테 잘해 드려

몸 바쳐 마음 바쳐 최선을 다해서 잘해 드리라구

부탁付託이라는 말 사전적 의미루다가

어떤 일을 해 달라고 청하거나 맡김이라니까

잘 부탁한다 참새들아

특히 귀여운 우리나라 참새들아

염치없는 일이 종종 생겨서

나는
왜 툭하면 나를 리콜하는 건가

몸이 아프니
약이 걸어와
아
야
어
여
나를 읽고 간다

심해의 가자미처럼 납작해진 나를
난해한 아랍어처럼 읽고 가는 이 하얀 알약들
언제까지 어디까지 이리 읽혀줘야
식후 삼십 분마다 흔들리는 나를 찾아 돌아오나

입추

가을이 오려나 봐

아주 위험한 날이
아주 무서운 날을 데리고 오려나 봐

은밀한 우면산은
벌써 축! 가을

성의껏
울긋불긋해도 좋은 날이 온다고

형편껏
뉘엇뉘엇해도 좋은 날이 온다고

안녕하신 우면산은

이미

축! 가을

마지막 잎새

시간이 낚여 간 자리에

바람의 껍질 같은
바람의 이삭 같은

오늘 아니면 안 될 철학에 이르러

어쩌다 잎새로 불리었던 마지막에 이르러

짧은 서정시 쪽으로 얼굴을 돌린

빈자리가 너무 많아

꽃들이 왔다가

좌석이 서로 달라 만나지 못하고

세상에서 가장 예쁜 줄을 서서 돌아가고 있다

만남과 헤어짐이 함께 있는 꽃씨 안에는

빈자리가 너무 많아 적막하다

살다 보면 무성한 이별도

또 다른 약속이 될 때가 있으려나

애매와 모호의 사잇길로

신호를 무시한 꽃들이 돌아가고 있다

오래 사는 시를 키우려고

50평 지구에 시詩 키우는 여자가 살고 있어
그녀가 키우는 시는 작고 뚱뚱해서
어디 어디까지가 시의 허리이고
어디 어디까지가 시의 엉덩이인지 잘 몰라

어느 날은 시를 데리고
둥글게 둥글게 둥글레 차茶까지 굴러가다가
차가운 시에 데이기도 하고
뜨거운 시에 동상冬傷을 입기도 했었어

그녀가 안고 사는 시의 배주머니는 늘 젖어 있어
식물처럼 조용하거나
동물처럼 요란하거나
그래서 허술한 것이 용서되는 그런 것들만 키워

그녀보다 더 오래 살아주길 바라는 시를 키우려고

저녁도 안 먹고 새벽도 안 먹고

키 164.7cm로 시를 키우는

그런 어설픈 여자가 이 지구에 살고 있어

아! 여의도

이 풍진 세상에

여의도
여,
야, 야, 야

우리가
왜 아픈지
왜 슬픈지

왜 기막혀 있는 줄도 모르고

이미 알고 계실 테지만

이미 알고 계실 테지만
노을은
별이 건너오고 건너가는 붉은 다리^{bridge}에요

모든 것이 모두 잘 될 필요까지는 없겠지만요
그리고 모든 것이 모두 잘 될 리도 없겠지만요
별일 없나 궁금할 때마다
별이 저 세상에서 이 세상으로 건너오는 어여쁜 다리에요

우리도 입가에 설탕 가루 묻힌 듯 달게 웃으며
들숨 날숨이 같은 이 사랑을 섬돌 위에 놓아도 되겠느냐고
무시로 건너가 물어보고 돌아오는 다리가 노을이라는 것이
오늘따라 유난히 붉게 읽히네요

저 단풍 잘 지어 누굴 주려 하나

흥건한 빗방울은 개미가 업어 가고
빗방울 뒤에 숨은 서늘함은 바람이 모셔 오고

이런 시간 올 줄 알고
나,
오늘 일찍 일어났는데

뜰 앞 석류나무
단풍 짓는 일로 바빠해서
화장실 갈 시간도 없이 무진장 바빠해서

저 단풍 잘 지어 누굴 주려 하나
고봉으로 담아서 누굴 주려 하나

나 같은 건달은 바쁠 게 없어

팝송 반 토막 남은 거 깎아 먹고 앉아서

무언가 분주하게 진행되고 있는 현재 진행형 위에
널널한 과거형으로 앉아서

누가 나에게 잘 생긴 박씨 하나 물어다 줄 것인가에 대한
웃기게 생긴 생각에 코를 박고 흥얼흥얼 앉아서 앉아서

만추

피가 뚝뚝 떨어지는 고흐의 귓 조각

저 기막힌 패러독스로 인하여
당분간 지옥은 없는 것으로 되어 버렸지만

저토록 나무의 귀가 달구어질 때까지
나는 이 천국에서 무얼 하였는가

마음속 갈피 19쪽에
'오늘의 치명적인 귀'라 하여 넣어 둔 일 외에는

그리고
동생 테오가 형님의 귀를 찾고자 왔을 때
창녀께서 걸어 두신 귀가 저기 있다고 말해준 일 외에는

두고두고 잘한 일이에요

나 혼자만이 건널 수 있는 나만의 건널목에서
내 곁에 잠시 정차 중인 당신을 노크한 일은 참 잘한 일
이에요

내 입속에 돋아 있는 무성한 잡초와
내 몸에 달린 상한 열매들
부끄러운 줄도 모르고 당신께 온전히 보여 드린 일도
뒤돌아 생각하니 정말 잘한 일이에요

숱이 많은 생각에 감겨 오도 가도 못 할 때나
찌를 수도, 찔릴 수도 있는 미움 안에서 현기증 날 때
고통의, 영광의, 환희의 당신을 만나
영성체 받아들고 울던 일 두고두고 잘한 일이에요

3부

오후 세 시쯤에는

관악산 저쪽에서
우면산 이쪽으로 단풍이 걸어옵니다

이런 경우
잎이 퇴화하여 억울한 것들 떨어지게 될 것이고
성질 욱하여 급해진 것들은 젖게 될 것입니다

까치 고개 넘어 사당역 지나
도보로 예까지 걸어오다 보면
정확하게 오후 세 시쯤에는 나마저 적나라하게 단풍 들
터인데

아!
늦기 전에 내 안에 토라진 것들 얼른 쓸어 내고
글 한술 떠야겠습니다
詩 한술 떠야겠습니다

이만하면 됐지 뭐

나뭇가지 위로
시티은행 간판 위로
추적추적
내리는 봄비 핑계 삼아

종로 아닌 교대역쯤으로 친구를 불러내
종로 참치 김밥
종로 소고기 김밥
종로 멸치 김밥을 먹으면서

굳이 이곳이 종로가 아니더라도
이만하면 됐지 뭐
거짓말이 정말처럼 딱 됐지 뭐 싶어서

잔치도 아닌 걸 알면서
잔치국수 한 그릇을 더 얻어 먹었네

고양이도 우리들같이

허리 절반은 검정색
엉덩이 절반은 갈색 무늬의 고양이가
가슴 절반은 갈색
다리 절반은 검정색인 새끼 한 마리를 데리고
2457 흰색 승용차와
3521 청색 승용차 사이를 지나가고 있다

고양이도 우리들같이
감내해야 할 삶이 있어
저렇게 자기를 빼어 닮은 새끼를 데리고 다니면서
세상을 가르치고 있는 것이다

여기는 허방이 깊어 두려운 곳
저기는 어둠의 키가 커 무서운 곳

이럴 땐 명랑하게 꼬리를 내려 주고
저럴 땐 급히 몸을 세워 세상의 벽을 긁어야 하는

그 전날 우리가 배운 것처럼 꼭 그렇게
오늘 아침 작정한 듯 고양이 두 마리가
앞서거니 뒤서거니 아파트 광장을 걸어가고 있다

나 정녕 이런 사람일까

엄마를 몇 번 부르다
엄마를 놓친 사람이 나야

우왕좌왕하다가
엄마를 놓치다니

아, 아

우물쭈물하다가
엄마를 그만 놓치다니

허둥지둥하다가
엄마를, 엄마를 놓치고 말다니

나 이런 사람일까
나 정녕 이런 사람일까

그래도 난 거기 가서

나무의 엉덩이가 따뜻해지고
덩달아 참새의 뒤통수가 화창해지면
나는 갈 거야
간지러운 오른쪽 귀ᵇ가 가리키는 그곳으로

왼쪽 발목을 접질린 3월 어느 날과
아직 포장을 뜯지 않은 시냇물과

그래도 난 거기 가서
기다림을 빙빙 돌리며 놀 거야
비싼 나뭇잎도 사서 나무에게 달아 주며 놀 거야

그리고 그곳에서 평소보다 조금 더 건들건들
시냇물 닫을 시간까지 놀다가
위대한 봄春 님의 커다란 눈ᵇ 속에 이윽고 들면

왜 이리 밤마다 오른쪽 귀가 간지럽냐고 물어보며 웃을

거야

그 시절 그리워

옛날에

옛날에

연애랍시고

크리스마스이브에 정말 연애랍시고

속이 훤히 보이는 내숭을

접고,

붙이고,

오려서

서로의 사춘기를 들락날락거리며

잠시 멎은 호들갑처럼 서 있다가

만지면 금방 히히히 옆구리가 터질

어설픈 뫼비우스의 띠에 서로를 가둔 채

크리스마스이브라서 구멍 난 양말도 그저 좋아서 웃던

누군들 이렇지 않을까마는

생각이 울퉁불퉁해지니
어제 못 보던 뇌腦가 또 하나 생겼다
느닷없이 끝난 것도
돌연히 시작된 것도 아닌 충돌의 시간에
내가 세운 지상의 모든 벽이 시도 때도 없이 달아오른다

시간은 미궁처럼 미로처럼 복잡해지고
생生의 어둑어둑해진 시간 못내 버거운데
나는 이제 늙음의 온전한 숙주
바람 불고 비 오는 모래 언덕 험한 길을
자궁을 반납한 낙타처럼 뚜벅뚜벅 걸어가게 되었구나

멀미

내 심장 꺼내 간 저 구름은
왜 자꾸 나를 째려보며 따라오는 건가

내 눈동자 꺼내 간 산⊪은 또
왜 이리 컹컹 짖으며 나를 물어가는 건가

내가 가진
나이
이름
주소 모두 녹아내려 내가 아닌지 오래인데

아!
여기가 누구신지
우리나라가 이긴 게 맞긴 맞는 건지

쓸쓸과 씁쓸의 차이

사소한 바람에도
가을이

가을의 그 무엇을 데리고 와
풀을 울리고

그동안의 그늘이 벌어 온 울창한 외로움 위에
석양의 이름으로 노을이 집을 지을 때

그때
그렇고 그렇게 생긴 쓸쓸함이

못내 외로워서
끝내 쓸쓸해서

무심코 씁쓸함이 되기도 하는

모두가 가을이라

방배성당 들국화께서 가을이시니까
내가 여미고 살던 죄罪의 잎새에 단풍이 듭니다

정오쯤에 꼭 한 박자 쉬어가는 내 시詩께서 가을이시니까
아프지 말고 잘 있으라는 내 글에도 단풍이 듭니다

바쁘게 모든 것들이 모두 모두 가을이니까
자꾸만 피도 살도 가을이니까

지독하게 잔혹하게 글썽이는 것들이
말 같지 않은 말을 만들어 저에게 줍니다

고독도 잘 영글면 위대해지고
이별도 잘 엮으면 거룩해진다는 말

믿어야 하는 건지, 말아야 하는 건지

모두가 가을이라 물어볼 곳이 없습니다

불면

창밖은 잠들었네
하루분의 집착을 내려놓고 변명 위에서 잠들었네

잠 밖의 풍경들은 고요하네

아직 오늘 속에 누워 있는 나와
그런 나를 켜고 있는 등불 또한 고요하네

잠이란 잠 모두 걸어 잠근 내 앞으로
어디선가에서 산란을 마친 꿈들 지나가네

나를 한 푼도 쓰지 않은 꿈들
내가 한 톨도 쓰지 못한 잠을 툭툭 치며 지나가네

제발 이제 자자 자자

자자 자자 이제 제발

새벽을 기어오르던 나팔꽃 흠칫하며 멈춰 서네

그림자는 죄가 없어 십자가가 잘 어울려요

머리를 질끈 묶고 길을 나섰어요
대문가 감나무는 발이 없어
떫고 비린 생각만 챙겨서 나에게 주었어요

햇살이,
부록처럼 내 그림자를 찍어 나에게 붙여 주었어요
햇살이 낳고 허공이 기르는 내 그림자는
죄지을 줄 몰라 십자가가 잘 어울려요

길가에는
어제 죽은 하루살이의 미래가 오늘이었다는 말이
서 있었어요
그 말 밑둥을 툭 치니 아침에 주섬주섬 드린 기도가
아직 배달되지 않은 채로 내 발등에 떨어졌어요
떫고 비린 생각이 확 났어요

오늘이 금방금방 어제가 되는 것이 이상해요

내일이 금방금방 오늘이 되는 것도 이상해요

품행이 방정한 김포 공항에 가서

모레로 가는 비행기를 타야겠어요

또다시 머리를 질끈 묶고 가야 할까 봐요

풀로서 풀인 것이 대단하오

풀은 참 대단하오
굶주림과 궁핍함으로
앉아 있거나 서 있어도
스스로의 풀로서 풀인 것이 참 대단하오

풀이 말하는 말에는 귀가 있어 대단하오
풀이 말하는 말에는 뇌가 있어 대단하오
풀이 말하는 말에는 눈이 있어 대단하오
풀이 말하는 말에는 손이 있어 대단하오
풀이 말하는 말에는 발이 있어 대단하오
풀이 말하는 말에는 뿔이 있어 대단하오

사람이 사람 같자면 풀의 말을 잘 들을 줄 알아야 하고
사람이 사람 같자면 풀의 말을 잘 행할 줄 알아야 한다는
말이

생각하면 할수록 대단하오

일찍이 산과 들에 나는 풀의 전생을 민초라 하여
오늘날
모든 권력은 풀에서부터 나온다고 적어 둔 말이
참으로 참으로 대단하고 대단하오

동지

오늘 보니 햇살도 엄청 늙었다
나무의 짧은 그늘을 업어 키운 탓인가
늙음의 업보는 업어 주는 일일지도

오늘 보니 겨울도 엄청 늙었다
언 강물의 발가락을 안아 키운 탓인가
늙음의 업적은 안아 주는 일일지도

오늘 보니 내 시도 엄청 늙었다
박힌 시를 캐내다 줄기가 뜯긴 탓인가
늙음의 공통분모는 업어 주고 안아 주다 미안해지는 일
일지도

그대도 나처럼

살기 좋은 추자도에서

아가미가 소란스러운 날 골라

결혼이라는 걸,
임신이라는 걸 했다는 멸치가

출산을 앞둔 몸 그대로
내 앞에 와 묻는다

그대도 나처럼
이렇게 알을 품고
집으로 돌아가고 싶어 한 적 있었냐고

원고지만한 다락방 하나 있었으면

내게
혹은 내 시에게
원고지만한 다락방 하나 있었으면 좋겠다

밀면 열리는 창문 아래
참새들의 딸꾹질 소리 흥건한 그쯤에
마술처럼 올망졸망한 시어들 무시로 들락거리는
째끄만한 다락방 하나 있었으면 좋겠다

비 내리면 비 맞는 일로 두근거리다가
축축하게 젖은 도돌이표에 댓글 달아가며
내 몸 전국적으로 시詩이고 싶을 때

더딘 시, 무딘 시 뭉클뭉클 잘 터지는 그런 곳에
시가 반, 내가 반 들락거리는
다락방 하나 있었으면 정말 좋겠다

새드 엔딩

눈이 오다가 안 오는 것이 아무것도 아닌 것처럼
그가 오다가 안 오는 것이 정말 아무것도 아닌 것이 되어
버린 오늘

쉽게 온 것들 정말 어렵지도 않게 쉽게 안 온다는 생각해
본다

눈은 앞으로 쉽게 오다가 안 오다가 할 터이고
그도 쉽게 안 오다가 오다가 안 오다가 할 테지만

이게 뭐란 말인가
오다가 안 오는 눈보다 더 눈 같은 꼴이

안 오다가 오는 눈밭에 서서
오다가 안 오다가 하는 하얀 눈을 맞으며

오다가 안 오다가 하는 그가 제발 다시 왔으면 좋겠다 싶어

　그가 무시로 들락거리던 심장 안쪽으로 다시 하얀 눈길
을 내고 있는

　오다가 안 오는 눈보다 더 눈 같은 나는 또 뭐란 말인가

4부

3월의 편지

가끔은 춥고
가끔은 안 춥고 하다 보면
우리도 모르게 봄날이 오겠지요

언제나 봄날은 그리 오는 것이었으며
언제나 그런 봄날에는
봄 닮은 것들이 그리 오곤 했었지요

봄이 오면 사랑도 따라 그리 올 것이며
언제나 그런 봄날에는
꽃 닮은 것들이 또 그리 오기도 할 테지요

봄날에 봄 닮은 것들 지천으로 오거들랑
허투루 여기지 말고 총총 적어 보내주시어요
한 잎 한 잎 떨구지 않고 모두 읽어 드릴게요

그렇고 그런 잎과 입

잎이 입을 열어 산을 불러간다
입안에 잎이 있는 건 아니지만
잎과 입이 한목소리로 산과 함께 산의 길을, 산의 새를
불러 간다
잎에게 불려간 산은 길을 새 쪽으로 내려놓은 채
중천의 해를 데리고 잎 쪽으로 간다

잎 건너 건너 산 아래에는 염소를 좋아하는 사내가 염소
와 함께 살고 있다
염소는 사내에게 부끄럽지 않은 염소가 되기 위해 자꾸
자꾸 새끼를 낳아 사내에게 주는데 소위 새끼란 새끼를 낳
은 염소의 기쁨이기 이전에
새끼를 얻은 염소 주인의 기쁨이라는 걸 잘 알고 있으므로
사내의 그런 염소답게 자꾸자꾸 새끼를 낳아 사내에게
준다

푸른 몸을 가진 잎은 자주 염소의 입속으로 불려가 음매
소리가 되거나 젖이 되기도 하는데 그런 연유로 염소의 입
속에는 항상 잎과, 잎이 데려간 해가
 입안 가득 들어 있게 되었다

왜 하필이면

게와 개의 발음이 난공불락 하여

게 게 게
개 개 개

를 여러 번 중얼거려본 적 있습지요

왜 하필이면
유식한 말이 요렇게 생겼단 말인가

왜 좀 있어 보이는 말이 하필
genome*이란 말인가 하여

게 게 게

*한 생물이 가지는 모든 유전 정보

개 개 개

를 입안에 넣고 연신 곧추세우다가

끝내 둔한 내 혀가 게와 개의 꽃을 피워 내지 못해

아직도 이 모양 이 꼴로 살고 있습지요

이별

그때 나는 말줄임표 근처에 있었다

눈이 내리고 있었고
눈^眼에도 눈의 물이 내리고 있었다

이별이란

연애가 연애를 내려놓고
기어코 말줄임표 근처에 닿는 일인 것을

근처에 닿아서
한사코
상처라는 말과 마주 선 후에야 알게 되었다

그믐

그래도

온종일 굽히거나 달구어진 아버지가
아버지의 이름으로 부벼 끄는 어둠보다야
덜 어둡지 않습니까

한 달에 한 번
큰맘 먹고 맡기는 이 어둠을
외면할 순 없잖아요

미안해서 미안하게
어둠과 포개져 밥 한 번 먹으면서
며칠만 견디다 보면 환한 날 오겠지요

옛날이야기 한 쪽지

옛날에 내가 살았던 대구 만촌동엘 가 보았습니다
28세 나이에 그토록 씻기고 재웠던 지붕을 보러
만촌동엘 가 보았습니다
결혼을 했는지 안 했는지 헷갈려 보일 때라
더러는 아가씨로 더러는 아줌마로 불리우던 시절
동전 몇 잎 찰랑거리며 파를 사고, 두부를 사고,
거스름돈으로 동네에 떠도는 소문 한 봉지를
받아 들었던 그런 만촌동을 가 보았습니다

그런데
그때의 만촌동을 누가 치웠는지 그 자리엔
소화 잘되는 얼굴의 아파트가 서 있었습니다
그것도 이대팔 가르마의 참으로 세련된 정장 차림으로
서 있었습니다
나의 입덧을 팔아 울창한 아파트를 샀나 봅니다

내가 좋아했던 조용필의 〈창밖의 여자〉를 팔아
 만촌동을 다시 샀나 봅니다

 그래도 위안이 되는 건 나의 입덧과 나의 노래가 팔려가
면서
 쉽게 가지는 않았는지
 만촌동의 옆구리가 조금은 긁혀 있었습니다
 내 코를 흔쾌히 받아주던 장미나무가
 뿌리 채 뽑혀지면서 그냥 뽑히진 않았는지
 만촌동의 콧구멍이 아주 넓게 벌어져 있었습니다

어쨌거나 지금의 만촌동 엄청 잘 돌아가고 있었습니다
창문도, 고양이도, 자동차도, 놀이터도, 하물며 오래된
경상도 사투리까지도 아주아주 잘 돌아가고 있었습니다
그래그래 나 없이도 잘 돌아가는 대구 만촌동을 바라보며

그래도 한번쯤은 옛날로 돌려 보고 싶어

만촌동 허락 없이 한참을 나의 만촌동으로 돌려 보았습
니다

일기

오늘은
시詩가 아닌 것이 없어서

누가 훌훌 털고 간 빈자리에도
시가 앉아 있다

층계 위에 오래 앉아 있어
오래라는 말에 뿌리가 내린 시

봄,
하고도
봄으로 사는 봄날이라선지

오늘은
소소한 것들 모두가
시집詩集 아닌 것이 없다

호호호

나는 여고^{女高}를 나왔으므로

내 수첩엔 옥이 순이 명이 경이로 북적이는데요

그중 유난히 말^言이 오톨도톨하고, 삐뚤빼뚤한 넷이서

제주도에 갔었어요

(더 좀 솔직하게 말씀드리자면)

말^言이 엄청 마려운 여고 동창생 네 명이 만삭의 말^言을

낳으러

날 잡아 잡아 말^馬 많은 제주도에 갔었어요

출산이 임박한 터라 말^言이 급해 비행기 안에서부터 질

금거리던 인사들

제주도에 닿자마자

방목의 말馬을 낳기 시작하는데요

 호오! 무지하게 질펀한
 호오! 그리고 엄청스럽게 흥건한
 딱 그 말 한마디로 차마 생략되어져야만해서 이하 생략
해야겠어요 호호호

 그날 말 못 해 죽은 귀신 네 분을 배경으로 고개 끄덕이며
 히히힝 웃어주던 친절한 말馬들이나
 부디 천세, 천세, 천 천세千歲 千歲 千 千歲 누리길 바랄 뿐이에요

자조 自照

이기면
지는 쪽도 있는 거지

지구가 둥글다고
세상 온갖 것들이 모두
둥글 필요가 있겠는가

그저
심심한 달이나 가끔씩
둥글다 안 둥글다 하면 족한 거지

반은 둥글고 반은 네모진 나
더러는 차고 더러는 기울어 살다 보면
그 사람 그럭저럭 살고 있다 말들 하겠지

마냥 넘치지도 모자라지도 않는

그럭저럭 이라는 말이

이렇게 편한 말인지 오늘에야 알았네

모기

여기저기
주홍 글씨가 소란스러운 걸 보니
조금 전 그분께서 다녀가신 모양

Giving is living*

아무도 몰래 벽을 뚫어 나를 퍼 나르면서
있는 거 좀 나누라는 귀한 말씀 내려놓으신 듯

(그런데 나는 그분께서 나를 퍼 가실 때까지
내 안에 피가 흐르는 줄도 모르고 살았으니)

......

*나눔이 곧 삶.

한번 맺은 인연 귀히 여기시는 그분

내일은 더 많은 분들 모시고 나를 찾아오실 듯

불륜이란 이렇게 아무도 몰래 만나서 피를 나누는 일인

것을

자주 이러자는 것은 아니고

가끔은 있잖아

늘께(늙게), 늑찌(늙지), 늘꺼나(늙거나), 늑따보니(늙다
보니)
를 빠져나와
점께(젊게) 좀 살고 싶을 때가 있어

무거운 바침(받침) 따박따박 챙기며 살자니
힘에 부칠 때 있더라고
누가 뭐라 해도 가끔은
이러케(이렇게) 좀 가벼운 뇌로 살고 싶어

그러타고(그렇다고) 시 만드는 여자가
자주 이러자는 것은 아니니
오늘 나의 이런 일탈 그냥 좀 봐주면 안 될까

꽃밭에서

수선화 곱게 피었다

발 디딜 틈 없는 재앙 곁으로
소풍 오는 것들 많다

화려한 패를 가진 꽃밭에서
우리도 밥 먹자

치명적인 덫에 걸려
뿔 갈이 하는 모순마저 용서되는 오늘이다

이게 다인 줄 알겠지만 다는 아니다 뭐

'싸'한 일은 언제나
덜컹덜컹 달려가는 풍경 뒤에 온다

얼룩의
가장 진한 부분을 받치고 있던 믿음이
전혀 때깔이 고와 보이지 않는 모양이다

사랑이란 몹시 아끼고 귀중히 여기는 마음
이라지만 가끔은 오직 밀고 당기는 전쟁일 뿐

그것도 그럴 것이 다른 일도 아니고 연애이기 때문에
하루라도 안 싸우면 곤궁하지 않겠는가

예나 지금이나 사랑의 유일한 흠은 부지런히 싸워야 큰
다는 것이다

꽃샘추위

나무가 나무의 모가지를 말아 올려
낭떠러지로 하강하는 사이

대지는 저주가 풀리지 않은 시간에 목도리를 두르고
차가운 시샘 속에서 잠시 언다

육지에 온전히 정박하지 못해 떠도는 봄날

그러나

화사한 소문을 섬긴 남녘에서는
이미 매화가 피었다는 전갈을 보내왔다

그거 참 좋다

달빛도
음표가 될 수 있다는 거

그리고

저 논에 사는 개구리들
이 밤 뼛속까지 달빛이라는 거

하여 함께
와르르 와르르 쏟아지며

5월을
건너 건너가고 있다는 거

그거 참 좋다

화성火星에 가면

언젠가 화성에 가면
시 한 포기 심고 와야지
누군가 예까지 어인 일이냐고 유토피아식 발음으로 물어
오면
Made in Korea 시 한 포기 심으러 왔다고 위풍당당 말
하면서

언젠가 화성에 가면
괴테가 낳고 괴테가 젖 물려 키운 베르테르씨를
만날 수 있을까?
영영 젊어서 아직까지도 슬픈지 물어보고 싶네

어쩌다 마리네리스 협곡의 먼지 폭풍 속에서 노벨씨를
만나면
언제쯤 우리도 당신의 칭찬을 받을 수 있을런지

분화구 운석 구덩이 곁을 지날 때

흘러가는 말처럼 알아도 봐야겠고

합장合掌

비 온 뒤

지렁이 한 마리
길을 나서고 있습니다

사바娑婆의 그늘을 딛고 서 있는 감나무
미물이 치러 내고 있는
처연한 밥값을 셈하고 있습니다

바쁘게 해를 열었다 닫았다 하던
구름도 잠시 서서
나무아미타불 관세음보살

보시布施의 들찔레가 달아놓은 하얀 꽃잎을 쬐며
고단한 구도자 한 분이
무언의 고행길을 나서고 있습니다

좀 살다보니

내 눈이 늙어가고 있습니다

빨래가 발레로, 발레가 벌레로 흥청망청 늙어 가고 있습니다

이럴 때를 대비하여 오래전부터 허허실실 웃어넘기는 재주를 터득하여

뻔뻔하게 살고 있습니다만 눈이 늙어 정말 답답할 때가 있긴 합니다

그건 이웃집에 사는 영식엄니가 가끔 물기 흥건한 손을 허공에 획획 뿌리며

나를 찾아올 때인데 영식엄니 특유의 몸짓인 코를 훌쩍거리며 눈을 비비며 《삼국유사》 같은 오래된 수첩을 들고 나타날 때는 나 역시 눈을 비비며 영식 엄니를 맞이하게 됩니다

분명 '밝은 눈에 이 즌화번호 좀 봐 줘' 하는 것이고 그럴 때마다 나는 밝은 눈이 되기 위해 세차게 눈을 비비게 되

는데 이건 종전의 빨래니 벌레니 하는 문제와는 전혀 차원
이 다른

 수첩을 코까지 끌어당겨 정확하게 숫자를 읽어내야 하는
행위로 여차 잘못했다가는 얄짤 없이 한 방에 훅훅 가는
수가 있기 때문입니다

 물론 세상이 좋아져 많은 것들이 단축번호로 저장되어
무리가 없지만 어쩌다 거는 가뭄에 콩 나는 전화번호가 늘
말썽입니다

 얼마 전에는 보일러가 고장 났다며 2년 전에 공사한 회
사에 전화를 걸겠다고 찾아왔는데 어쩌자고 그 회사 전화
번호가 내가 제일 두려워하는 3인지라 어김없이 8로 잘못
읽어 낭패가 난 적이 있었습니다

 그 이후로 영식엄니를 위해 마당의 목 백일홍 가지에 돋
보기를 걸어 놓았는데 까마귀 날자 배 떨어진다고 요즘 들
어 영식엄니가 보이지 않습니다

소문에 듣자 하니 발목을 삐끗해 몸조리 중이라는데 행
여 내 눈 늙어 영식엄니 기대가 삐끗해 진 건 아닌지 조바
심이 납니다

'詩=대상=나'의 동일성,
그 언어 表象의 은유 세계

류근조(시인 · 중앙대 명예교수)

1. 기법으로서의 언어유희 그리고 중층적 반복 어법

이향희 시에서 가장 많이 눈에 띄는 경향 중의 하나는 언어유희성 동어 반복과 이를 통한 중의적이고 점층적 내용 심화 기법이라고 할 수 있다. 다음에 두 편의 시를 예로 들어 보기로 한다.

먼저 시 〈그리움 파는 가게의 벽보〉의 경우 "그리움은/밤이 이슥토록 끓여 줘야 잘 상하지 않고/그리움은/자주 살펴 줘야 고장이 나지 않으며/그리움은/그리움끼리 두어야 더욱 그리움다워지고/그리움으로/잠긴 방은 그리움으로 열어야 열리며//─(중략)─(이 부분은 암수 그리움의 서로 다른 성향을 대비시키며 그 차이점과 공통점을 제시하고 있다)"

하지만 다음 단계에선 동어 반복적 기법은 그대로 유지하면서 내용은 가일층 심화되고 있음을 알 수 있다.

121

"그리움의/높이와 넓이와 길이는 아무도 알 도리 없으니 알려 하지 말고/그리움이 그리워하는 날에는/반드시 높은 자리를 내어 줄 것이며/그리움의/문턱이 너무 높으면 잦은 전쟁을 치르게 될 것이라 수신할 것이고-(중략)-(이 부분에서는 비틀거릴 때나 데리고 여행할 때는 곁에 가지 말고 여벌의 그리움을 챙길 것을 당부함은 물론 보관 방법까지 제시하면서 이의 통제 불능 시 이 그리움이 그대(시인)를 통제하게 될 것이란 충고성 메시지까지 곁들인다)//그러기 전에/그리움이 잠시 내릴 수 있는 정거장에 당도하시거든/서둘러 그리운 사람 불러내 그동안의 아리따운 그리움 얼른 전해 주시길"라고 시를 끝맺고 있다.

두 번째 예시는 〈왜 하필이면〉라는 시로 앞에 예로 든 시와 그 방법 기법 면에서는 같은 경향의 시로 볼 수 있으면서도 게^蟹 · 개^犬 · 사람^{genome}의 서로 다른 차이점을 통하여 "끝내 둔한 내 혀가 게와 개의 꽃을 피워 내지 못해/아직도 이 모양 이 꼴로 살고 있습지요"로 끝맺은 것을 보면 매우 풍자적이기까지 하다.

2. 시어^{poetic dictions}의 다양성

이향희 시어 사용의 진폭은 생각보다 넓고 다양하다. 산 · 천 ·

초·목과 같은 자연어를 비롯해 돌과 같은 광물어, 별 꽃 안개, 또는 평속한 생활 용어는 물론 문명어 내지는 인터넷에서 사용하는 첨단 용어에 이르기까지 그가 구사하는 언어의 폭이 넓고 다양하다고 하는 것은 그만큼 그 시의 세계가 함의하는 내재적 의미 또한 예사롭지 않음을 시사하는 것은 아닐까.

시 쓰기를 위한 시어의 선택은 오로지 시인의 몫이라고 할 수도 있지만 또 다른 차원에서 생각해보면 한 시인이 처한 시대의 다양한 요인들과 시인의 의식 체험과 맞물려 시인으로 하여금 시어의 선택을 강요받는다는, 전혀 상반된 해석도 얼마든지 가능하다고 볼 수 있기 때문이다.

한국 현대시의 경우 예를 들면 시 예술의 다양한 전성시대라고 일컬어지는 1930년대 서정과 감각을 위주로 했던 순수 예술파의 경우와 주지파와 생명파 시인으로 분류된 시인군의 시어의 경향이 서로 다르고 또 6·25의 전과 후의 시인들의 시어의 빛깔이 서로 다른 점이 바로 이런 일연의 문제들과 함수 관계를 가지고 있다는 사실 자체가 그렇다.

본래 시는 시인의 감수성 소산으로 시어의 선택 역시 시인의 내재적 호흡과 맞물려 있다고 생각할 수밖에 없을 터, 이향희 시인의 시어 선택의 경우도 예외는 아니라고 한다면. 이는 곧 이향희 시인이 지금까지 살아온 연륜과 연계된 삶의 총체적 진리, 체험의 함축적 의미로서의 시적 은유의 세계와도 결코 무관할 수는 없다. 그리고 또 이 시대 환경→시인의 의식 체험→시어의 선택 과정은 은유 발생의 원리 차원에서는 견인과 확장과 같은 운율적 반복의 과정을 거쳐 시인으로 하여금 세계(대상)에 대한 해석을 마칠 수 있도록 도와주는 셈이다. 그래서 여기서는 이 같은 포괄적 개연성의 논의를 전제로 할 수밖에 없으나 이 문제에 대해서는 이 평설의 전체적 맥락에서 보다 구체적으로 접목시켜 다시 한 번 논급이 되도록 시도해 보기로 할 것이다.

3. 시치미 떼기(엉뚱한 진술 혹은 돌려서 말하기)

시는 본래 함축적 기능을 위주로 하기에 산문이 속성으로 하는 설명성과는 거리가 멀다. 그리고 이 점이 시가 지닌 숙명적 난해성이라고 할 수 있다. 하지만 그렇다고 해서 쉽게 이로 인해 불편한 독자 편에 다가가지도 않는다. 아니 다가가기는커녕 시인은 독자와 자신의 의식 체험의 가감 없는 전달을 통한 신선한 존재 전환의 더 크고 신선한 충격적 감동을 공유하기 위하여 도리어 독자의 이해를 지연시키는 방법을 선호한다고 볼 수 있다. 이른 바 낯설게 하기 방법(시치미 떼기와 같은 방법)을 구사하는 것이다.

그런 의미로 본다면 앞서 지적한 대로 설명성에 의존하여 시를 접해 온 그런 독자들에겐 아주 난해하고 엉뚱한 그런 시인으로서 인식이 될 가능성도 전혀 없지 않다. 그리고 금번 해설을 위한 시작들의 분석 과정에서 이 같은 시 쓰기를 위한 기법상의 방법론 차원에서 이향희 시인의 시 세계를 요약해 본다면 대부분의 수작들이 이 방법론의 범주에 포함되어 있다고 보는 것이 필자의 견해다. 그렇지만 여기서는 지면을 고려하여 〈비 오는 날의 내비게이션〉이란 시 한 편만 논의해 보겠다.

그 첫 시행으로 대뜸 "축축하게 젖은 자동차가 몇 그루 서 있을 거야"로 시작되는 이 작품의 다음 내용은 너무 흥미로워 해설 대신 그 내용 전부를 그대로 옮기기로 한다.

축축하게 젖은 자동차가 몇 그루 서 있을 거야
그로부터 담쟁이 넝쿨 무성한 골목을 지나
백 미터쯤인가 팔십 미터쯤인가에 닿으면
젖은 오후 세 시가 나올 거고

그리움 세 개랑 바람 두 개가
서로의 어깨를 툭툭 치며 농담 주고받는 곳에서 우회전
받아
그 농담 딱 절반만 돌아 나오면

빗방울 몇 알 머리 위에 얹고
뉘엇뉘엇 기다리고 있는 반가움 두 평이 있을 거야

부디부디 여기까지

두근거리는 심장은 반만 켜고 오길 바래

―〈비 오는 날의 내비게이션〉 전문

이 작품이 엉뚱한 진술과 엉뚱한 단어의 선택은 물론 상식적으로는 전혀 이해되지 않는 일종의 모놀로그(독백)에 가까운 유희적 경향까지 지니고 있음에도 묘한 흥미를 유발하고 있음에 주목해 볼 때, 그리고 계속 내비게이션이란 전체 공간(네모 공간으로 이어지는)의 그 시적 은유 공간의 구도에서 우리는 이미 이 시인이 궁극적으로 노린 점이 바로 위 소제목과 연계된 시치미 떼기 전략이었음을, 그래서 전략적 시적 기법으로서 한 편의 시적 은유 세계 창조에 기여하고 있음을 뒤늦게 확인할 수 있게 된다.

4. 사랑, 그 소망적 사고

굳이 주역의 음양 이원론을 원용할 필요도 없이 남녀의 상징적 의미의 음양의 이합집산은 곧 우주의 섭리나 생성의 원리로 이어지는 원초적이고 근원적인 힘과 연계되어 있음을 우리는 동서양의 고전을 통하여 익히 알고 있었다고 해도 크게 잘못된 인식이라고 할 수는 없을 줄 안다. 그것은 특히 동탁 조지훈의 글 〈연애미학서설〉에서는 그리움을 구심점으로 설정하여 사랑의 단계를 自愛(생명애)〈性愛(번식애)〈戀愛(동경애)〈社會愛(봉사애)〈慈愛(이타애=희생애)로 이어지는 다섯 단계의 보다 구체적이고도 보편적인 도식의 〈사랑의 상승회귀선 上昇回歸線〉을 제시한 실례도 있기 때문이다.

《이향희 1시집》에 게재된 시중에 "나를 그대의 비행기 속에 넣고/비자인지 바자인지 바지인지/그 속에 구겨 넣고"라는 시행이 돋보이는 시 〈러브 콜〉에서 보인 사랑에의 갈구는 곧 일종의 사랑 제일주의의 선언이라고 할 수도 있는바, 이러한 사랑의식과 관련 최근작들에선 실제 어떤 정서적 형상화가 어떤 식으로 이뤄지고 있는지 알아보자.

우선 〈우연이라도〉①과 〈지금이 오후 두시니까〉②란 두 편의 시에 논의의 초점을 맞춰 본다면

①사월의 쥐똥나무 위로
　맨발의 빗방울들 경쾌히 떨어집니다

　우연이라도 나의 살 부러진 우산 속으로
　그대가 보내 준 안부 몇 마디
　비를 피해 들어왔으면 좋겠습니다
　잘 있었냐고
　보고 싶었다고

오월의 숲길에서 꼭 다시 만나

아카시아 꽃잎처럼 한번 웃자고

우연이라도 그대가 보내 준 이런 안부 몇 마디와

비 내리는 오월을 걸어갔으면 좋겠습니다

-〈우연이라도〉 전문

②네

나지막하고

시무룩한

그 골목 맞아요

오후 다섯 시 좋겠어요

그 찻집

낮거나 아주 낮거나

베토벤 피아노 협주곡 5번이 자주 걸려 있었어요

지금이 오후 두 시니까

세 시간 후에

귀가 어두운 늙은 벽난로 뒤편에서 기다리고 있을게요

(손 전화 무음無音으로 두고서)

지금 눈雪이 많이 내리고 있으니
눈目으로만 말해도 충분히 좋을 듯한 시간이 될 것 같아요

　　　　　　　　　　　　　－〈지금이 오후 두 시니까〉 전문

　이 두 편의 시 ①과 ②에서, 앞의 시가 기다림과 우연으로서의 만남을 내용으로 한 작품이라면 뒤의 시는 앞의 시에 비해 보다 언어적 팽팽한 긴장tension을 고조시킨 극적 만남을 주조主調로 한 작품이라고 할 수 있다. 하지만 두 편 모두 시인의 소망적 사고의 소산으로서의 시의 세계일 뿐 현실 세계는 아니라는 점에서 본질적으로 같은 범주에 포함시키는 데엔 별반 이견이 있을 수는 없을 것인바 문제는 앞서 원용한 조지훈의 글 〈사랑의 상승회귀선〉의 5단계 구분에서 제3단계 연애(동경애) 그 이하도 그 이상도 아니라는 점이 아닐까 잠시 그런 생각을 해 본다.

　왜냐하면 인식론적 차원에서 예를 든다면 여류시인 모윤숙의 춘원에 대한 연정(동경애)을 승화시킨 그 결과물로 알려진 서사시 〈렌의 哀歌〉의 경우 시인 아닌 보통 사람의 수준에서는 결코 이뤄낼 수 없는 경지의 사랑의 단계로 추정할 수밖엔 없기 때문이다. 이로써 우리는 사랑이 관념적이라는 말과는 전혀 차원이 다른 능력의 문제에 기인하고 있음을 알게 된다.

　그리고 이런 관점으로 본다면 앞부분에서 잠시 언급한 대로

사실 시에서도 그리움을 구심점으로 한 시인의 근원적 에너지로서의 사랑 의식이야말로 시의 주제 면에서도 단연 최우선 순위에 포함시킬 수밖에 없는 주제임을 새삼 깨닫게 된다. 아니, 고금동서古今東西간이 사랑이란 주제는 모든 시 창작의 모티브요, 출발점이라고 해도 무방할 것이라 본다.

5. 실존적 불안, 그리고 소멸 의식

텍스트 이론상으로는 글쓰기엔 관념적 글쓰기와 구체적 글쓰기 두 가지가 있다. 전자가 사물의 관념화 즉 의미화라면 후자는 그 반대로서 의미의 사물화를 지향하는 시 쓰기를 이르는 말이지만 사실상 시 쓰기에서 완전한 사물화는 모든 의미를 배제하는 행위여서 실제로 가능하지도 않다. 흔히 시를 철학으로부터 자유롭게 해달라는 일련의 묵계적 요구와 그에 대한 용인容認의 불편한 진실이 통하기도 하는 것은 바로 이런 연유에서라고 할 수 있다.

시의 속성이며 가장 중요한 진정한 소유의 개념은 철학적 범주—존재 · 가치 · 의미 · 인식, 이 네 가지 요소 중 인식론에 바탕을 두고 있기에 사실상 철학적 범주를 벗어나서는 그 역할의 해명이나 해설은 성립되지 않는다. 이는 근본적으로 철학적이 아닌 시는 존재할 수 없다는 논리와도 통한다. 그러나 이향희 시인의 시 작품 중에도 유달리 철학성이 돋보이는 작품이 있기는 한 것인가. 그럼 이에 대한 즉답을 대신하여 여기서는 〈염치없는 일이 종종 생겨서〉①와 〈이별〉②이란 제목의 시 두 편을 논의해 보기로 하자.

①나는

왜 툭하면 나를 리콜하는 건가

몸이 아프니

약이 걸어와

아

야

어

여

나를 읽고 간다

심해의 가자미처럼 납작해진 나를

난해한 아랍어처럼 읽고 가는 이 하얀 알약들

언제까지 어디까지 이리 읽혀줘야

식후 삼십 분마다 흔들리는 나를 찾아 돌아오나

　　　　　　　　　　−〈염치없는 일이 종종 생겨서〉 전문

②그때 나는 말줄임표 근처에 있었다

눈이 내리고 있었고
눈^眼에도 눈의 물이 내리고 있었다

이별이란

연애가 연애를 내려놓고
기어코 말줄임표 근처에 닿는 일인 것을

근처에 닿아서
한사코
상처라는 말과 마주 선 후에야 알게 되었다

　　　　　　　　　　　　　　　　　-〈이별〉 전문

　실존주의 철학을 거론할 때 카뮈-사르트르-야스퍼스와 같은
분파를 떠나서 공히 통용되는 말은 '실존은 본질에 선행한다'는
것 아닌가. 이를테면 카뮈의 소설 《이방인》에 등장하는 인물 뫼루
소의 상식적으로는 이해가 힘든, 작가가 설정해 놓은 상황^{situation}
을 통해 드러내고자 한 것이 곧 실존적 불안이라고 정의할 수

있는 것은 아닐지 모르겠다. 아니 굳이 시인이 아니라 해도 들어내 논리적으로 설명하지 못할 뿐 행동하는 모든 인간에겐 어떤 당위적 모럴의 실천 이전에 현실 속 구급한 상황과 마주한 실존적 불안으로서의 삶과 불가 분리한 불안과 더불어 존재할 수밖에 없음을 우리 모두가 스스로 인정해야 하는 것은 아닌지 모르겠다.

①의 경우는 불안 의식을 동반한 복약 행위와 이와는 무관했던 일상의 평상심과의 대비라는 관계 설정을 통한 삶의 복합적 이중 구조를 드러냄으로써 독자로 하여금 이 같은 시적 언술 행위의 주체로서의 시인의 삶이 실존적 불안이라는 구급한 상황과 마주하고 있음을 인식할 수 있도록 하기에 충분하다면

②의 경우는 표면적으로는 영원해야 할 사랑이 영원할 수 없는 안타까움이 주제로 되어 있지만 그 근저에는 말줄임표 즉 말문이 막혀 말을 이어 갈 수 없는 상처를 동반한 사랑의 절벽에 닿아 있음에 대한 통찰과 자각이 깔려 있음을 알 수 있다.

이러한 점이 곧 이 두 편의 시 모두를 독자로 하여금 단순한 성찰 의식이나 소멸 의식의 소산으로 간주할 수 없게 하는 연유이기도 하다.

그럼 이런 실존적 불안과는 다른 의미의 소멸 의식을 드러낸 작품엔 어떤 것이 있는가. 보내온 원고들을 다시 들춰보니 언뜻 눈에 들어오는 시가 있었다. 〈오후 세 시쯤에는〉이라는 작품이다.

관악산 저쪽에서
우면산 이쪽으로 단풍이 걸어옵니다

이런 경우
잎이 퇴화하여 억울한 것들 떨어지게 될 것이고
성질 욱하여 급해진 것들은 젖게 될 것입니다

까치 고개 넘어 사당역 지나
도보로 예까지 걸어오다 보면
정확하게 오후 세 시쯤에는 나마저 적나라하게 단풍 들
터인데

아!
늦기 전에 내 안에 토라진 것들 얼른 쓸어 내고
글 한술 떠야겠습니다
詩 한술 떠야겠습니다

                              -〈오후 세 시쯤에는〉 전문

   이 시에서 단풍으로 지칭된 시적 주체의 공간 이동과 함께 시
간적 경과에 따라 변모하는 모습에 초점을 맞춰 보면 이 시의
키워드는 詩야말로 시인에게는 마지막 선택할 수 있는 유일한

유언遺言의 의미를 지니는 것이 되는 것인 바, 다만 이를 받쳐 주
는 철학적 깊이ground bounding에 가려져 독자들이 미처 이를 눈치채
지 못할 뿐이다.

6. 성찰의식, 그리고 구도적 시관詩觀

우선 성찰 의식이 두드러진 작품 하나는 동음이어의 반복과
혼성 기법을 통해 효과적으로 역사적 통찰 의식을 드러내고 있
는 〈倭倭倭〉란 제목의 시다

'吾等은 玆에 我朝鮮의 獨立國임과 朝鮮人의 自主民임
을 宣言하노라'

서울특별시 종로구 세종대로 175
세종문화회관 3·1절 기념식장
3층
라 열에 앉아

나는 구체적으로 울었다
(倭倭倭 뻔뻔한 歷史는 개도 물어가지 않는가)

　　　　　　　　　　　　　　　　　－〈倭倭倭〉 전문

다음으로 예시할 작품은 〈동지〉란 제목의 시다

오늘 보니 햇살도 엄청 늙었다
나무의 짧은 그늘을 업어 키운 탓인가
늙음의 업보는 업어 주는 일일지도

오늘 보니 겨울도 엄청 늙었다
언 강물의 발가락을 안아 키운 탓인가
늙음의 업적은 안아 주는 일일지도

오늘 보니 내 시도 엄청 늙었다
박힌 시를 캐내다 줄기가 뜯긴 탓인가
늙음의 공통분모는 업어 주고 안아 주다 미안해지는 일
일지도

—〈동지〉 전문

여기서 늙은 햇살과 늙은 겨울과 늙은 시로 이어지는, 업어
주고 안아 주면서 계절의 순환 속에서 이들 나무와 강물과 함께
미안해지는 성찰 의식에 이른 이 시적 경지를 시인은 자연스런
늙음의 공통분모라 여긴다고 언술하고 있다. 하지만 이는 감히
누구나 쉽게 도달할 수 있는 그런 경지는 아니다. 혹여 어떤 한

사람이 있어 이에 준하는 자기가 살아온 삶을 응축된 형태의 자기의 명상 안에 담을 수 있었다 하더라도 그것은 이 시인이 도달한 철학적 범주의 인식론에는 결코 미치지 못한 채 증발된 관념적 사고 과정일 뿐 시적 인식만을 완전 소유의 개념으로 주장한 문예 이론가 F · 스텐베르텐의 인식론*과도 전혀 무관하기 때문이다.

이제부터는 이향희 시에 나타난 구도적 자세에 대하여 논의해 보자. 이런 관점에서 우선 다음 두 편의 예시를 제시하기로 한다.

여기저기
주홍 글씨가 소란스러운 걸 보니
조금 전 그분께서 다녀가신 모양

Giving is living

아무도 몰래 벽을 뚫어 나를 퍼 나르면서
있는 거 좀 나누라는 귀한 말씀 내려놓으신 듯
(그런데 나는 그분께서 나를 퍼 가실 때까지
내 안에 피가 흐르는 줄도 모르고 살았으니)

---

*이 주장은 대상의 완전 소유는 대상에 대한 언어의 형상화를 전제한 시적 인식으로만 가능하다는 것.

......

한번 맺은 인연 귀히 여기시는 그분
내일은 더 많은 분들 모시고 나를 찾아오실 듯

불륜이란 이렇게 아무도 몰래 만나서 피를 나누는 일인
것을
                                                    -〈모기〉전문

비 온 뒤

지렁이 한 마리
길을 나서고 있습니다

사바娑婆의 그늘을 딛고 서 있는 감나무
미물이 치러 내고 있는
처연한 밥값을 셈하고 있습니다
바쁘게 해를 열었다 닫았다 하던
구름도 잠시 서서
나무아미타불 관세음보살

보시布施의 들찔레가 달아놓은 하얀 꽃잎을 쬐며

고단한 구도자 한 분이

무언의 고행길을 나서고 있습니다

-〈합장合掌〉 전문

종교와 문학은 다 같이 구도적이란 차원에선 동질적이라고 할 수 있다. 하지만 종교가 득도得道라는 목표 지향적이라면 문학은 이 세상이 과연 살만한 세상인가에 그 초점이 맞춰져 있다는 점에서 분명 차이가 있다.

그런데 위에 예시한 두 편의 시 중에 전자가 보시 행위 즉 함께 나눈다는 의미에 그 초점이 맞춰져 있다면 후자는 득도를 위한 고행길에 그 초점이 맞춰져 있다. 그리고 전자의 경우는 가해자에 대하여 살의를 품는 대신 자신의 피를 몰래 퍼간 악연(인연)으로 다른 식객들까지 데불고 다시 찾아올 것을 예감하면서 삶의 의미 자체가 나눔에 있다는 전에 없는 자각의 단계에까지 이른다. 이를 가리켜 구도적 심법心法이라 하던가.

후자의 경우엔 비 온 후 땅 위를 기어가는 한 마리 지렁이라는 미물의 움직임을 깊은 구도 행위와 동일시하여 그 행위 안에 온갖 고되고 신산한 삶의 의미까지 담아 중의적으로 형상화시키는 데 성공하고 있어…….

자못 이 두 편의 시 모두 역설적 언어로 이룬 문학적 득도의 경지라 이를 만하다. 그리고 주제 측면에서 논의 대상으로 했던 이상의 시 작품 외에도 민초의 삶을 주제로 다룬 〈풀의 철학〉, 〈아! 여의도〉에서 보여 준 만만치 않은 현실 인식과 〈오이는 오이끼리〉에서 시간 의식과 공간 의식의 교차점을 매개로 '오이'라는 오브제와의 교감을 통해 보여 준 건강한 생태학적 시관은 또 다른 의미의 이향희 시인의 시 세계의 깊고 넓은 확충적 준거로 볼 수 있을 것이란 생각이 든다.

7. 존재론적 역설 그리고 시적詩的 역설

산문과 구분되는 시의 요소 중 시어의 본질이 역설에 있다는 견해가 있다.

비평가 브룩스Cleanth Brooks의 〈역설로서의 언어〉에서 보면 '시인이 말하는 진리는 역설을 통해서만 가능하다'라고 말한 바 있다. 이런 관점에서 볼 때 이 시집의 표제작이기도 한 《여전히 해는 짖지 않았다》는 그 역설의 범주에 속하는 빼어난 작품임을 알 수 있다.

오늘도
그늘은 나무를 물어왔다

나무가 그늘을 물어올 때보다 쉬워 보였다

그늘이 나무를 물어올 때

해는 짖지 않았다

서로 물고 물리는 일은 시간의 영역이라 생각했다

오늘도

나무는 그늘에 물려왔다

무늬가 사람인 나는 그들의 사이와 사이에 서서

새와 새소리를 잡아당겨 놀 수 있었다

해는 여전히 짖지 않았다

날이 저물 때까지 그들은 물고 물리는 일에 몰두하고 있

었다

–〈해는 여전히 짖지 않았다〉 전문

이 시는 우선 구도상으로 나무와 그늘과 해와의 삼각관계에
서 나(시인)라는 관찰자를 주목할 필요가 있다. 잔상殘像 효과적
인 '해'의 침묵으로 최상의 은유적 극적 효과를 노린 시인의 시
적 장치가 놀라울 따름이다. 시공의 혼용을 통해 보다 넓은 은
유적 세계를 확보하고 있는 점 또한 감탄스러울 뿐이다. 이에
준하는 기발하고 발랄한 작품 〈화성에 가면〉 역시 우리가 그 소
재로는 근래에 접하지 못한 신선한 작품임을 밝히고자 한다.

8. 마무리 – 이향희 시인의 체험과 의식지향과 은유적 성취

 필자가 처음 평소의 인연으로 이향희 시인의 시 해설을 자청하다시피 한 연후 보내온 모든 원고들을 나름으로는 소루함 없이 꼼꼼하게 섭렵한다고 하긴 했으나 사실은 이 시인의 시에 대해서 처음 개연성으로서 서두에서 구상한 전체적인 프레임을 과연 작품들이 끝까지 부응해 줄 수 있을 것인가에 대한 의구심을 떨칠 수가 없어 솔직히 많이 불안했던 것도 사실이다.

 그런데 이쯤에서 비교적 편안하고 여유로운 마음으로 필자는 이제까지 논의해 온 범주 내에서 현재 이향희 시인의 시가 자리한 시적 위상 그 시적 성취에 대한 총체적인 마무리를 하는 것이 본 해설의 전체적 균형과 비중을 고려할 때 좋을 것이란 판단이 든다. 이를 위해 이 글의 첫 시작점으로 돌아가 보기로 했다. 그 방법은 '체험이 상상력 유발과 은유 발생에 미치는 영향 관계'를 추적하는 작업이 될 것이다. 그리고 그것은 달리 말해 지금까지 이향희란 시인의 체험의 전체성을 노리는 구체적 노력으로서의 은유적 인식 능력이 이뤄낸 가치 충격을 통해 가져온 존재환의 효과에 대한 평가라고도 할 수 있다.

 결론부터 말하면 시인 이향희는 지금까지 자신이 살아온 모든 삶의 궤적을 은유적 인식 능력으로 풀어내는데 크게 성공한 시인으로 평가할 수 있다. 그는 세계와의 만남에서 대상과 조건에 구애받지 않고 동일성 추구 즉 '세계의 자아화同化'나 '자아의 세계화^{世界化}'와 같은 방법*으로 그것이 갈등을 속성으로 한 공시적 관계이건 변화를 속성으로 한 통시적 관계이건 상관없이 주객 일체의 동일성을 확보하여 서로 대립 관계에 있는 타자와의 관계를 화해 구조로 바꾸는데 성공한 보기 드문 시인이다. 이 과정에서 은유 발생의 확장과 견인의 원리**는 물론 광폭의 시어 선택과 앞에서 구명한 대로 다양한 기법과 주제에 이르기까지 하이데거가 말한 "세계는 표상^{表象}이다"란 주장에 걸맞게 큰 틀 속에 자신만의 독특한 은유 세계 구축에 성공했다. 그래서 인간 삶의 총체적 표상으로서의 시 쓰기에서 화해 극복 상생 치유 변화와 같은 일련의 존재 탐구로 이어지고 마침내 인간=자연=우주를 하나로 보는 시적 경지의 그 경계에까지 다가서서 언어로 지은 존재의 집으로 통하는 은유 세계 그 확장 가능의 문^門까지 열어젖히는 단계에 이른다.

---

*《한국현대시특강》(류근조 편저: 1992년 집문당) p.p.198-233 참조.

**위의 책 p.p.431-436 참조.

해는 여전히 짖지 않았다

ⓒ 이향희, 2018

초판 1쇄 인쇄 2018년 5월 21일
초판 1쇄 발행 2018년 5월 31일

지은이 | 이향희
발행인 | 강봉자·김은경

펴낸곳 | (주)문학수첩
주 소 | 경기도 파주시 회동길 192(문발동 513-10) 출판문화단지
전 화 | 031-955-4445(대표번호), 4500(편집부)
팩 스 | 031-955-4455
등 록 | 1991년 11월 27일 제16-482호

홈페이지 | www.moonhak.co.kr
블로그 | blog.naver.com/moonhak91
이메일 | moonhak@moonhak.co.kr

ISBN 978-89-8392-704-0 03810

「이 도서의 국립중앙도서관 출판예정도서목록(CIP)은 서지정보유통지원시스템
홈페이지(http://seoji.nl.go.kr)와 국가자료공동목록시스템(http://www.nl.go.kr/
kolisnet)에서 이용하실 수 있습니다.(CIP제어번호:2018015411)」

문학수첩
시인선